U0164078

人文山水 詩集

王潤華◎著

人文山水詩的新定義

1.永遠被殖民的山水

當我將寫過的人文山水詩重讀一遍時,我發現許多詩再也放不回去原來的土地上。它們已不是純粹的山水詩,它多了人文。應該成為人文山水詩。

我出生的新加坡與馬來西亞(當時還是馬來亞),那熱帶雨林永遠是英國的殖民地的回憶或後殖民地的風景,不是純粹馬來本土的風景,因為它已受過英國殖民主義的侵略、統治與剝削,英國殖民主義壓迫本土人的真相,曾被壓抑的民族的本土記憶,都是景點,如〈集中營的檢查站〉、〈新村印象〉。殖民主義留下的戰爭的證據如〈聖淘沙戰堡〉也是人文風景。泰國人為了追求信仰,而讓國土成為眾佛統治的國度,寺廟、佛塔,取代了仰望的山脈與叢林,組成四方的信仰的風景線。遠在婆羅洲的汶萊(Brunei Darussalam)是熱帶暴風雨最常施暴的現場,當地人民被強迫與它生活在一起,最後毫無選擇,只好被逼與水流同居。因此我不必編輯,我的詩自然形成「佛國的河流」、「後殖民的風景」、「殖民地的記憶」、「汶萊水鄉印象」的意象組合,讓眾佛、英國殖民主義、河水,永遠的與它們同在。

2.文物化的東亞山水

現代中國儘管一再的革命，統治現代中國，甚至東亞的日本與韓國，是神州漫長的歷史與文物。那些不死的人物化身的陶俑與封建的宮殿、佛塔，是東亞之旅最重要的文化意象，而且與自然大地緊密集合在一起。神州永遠是神州。日本與韓國雖然已極端的電子工業化，無法驅逐古代中國帝王的寺廟庭院，更無法抹掉從神州渡海過來的文化意象。

3.被白人侵略與佔領後北美的大峽谷與冰河

相反的，美國與加拿大，雖然被白人侵略與佔領，大峽谷與石頭、松鼠與松樹，冰河與洛磯山還是北美大地的主人。當我重讀我的北美旅遊詩時，我只找到大峽谷與松鼠、冰河與洛磯山的山水詩。

4.受傷的風景

還有一種受傷的山水，也無法回歸美麗的大地，如馬來西亞的熱帶叢林，因開採錫礦而遭破壞，俄羅斯的核電廠的輻射塵對冷杉樹造成的災害化學物毒死稀少的白鯨，戰爭破壞的貝魯特，我把這些都歸在「破碎山河」組詩，希望我們不要繼續破壞美麗的地球，我們要搶救大自然及其生物。

5.山水詩的新定義

重讀我自己寫的山水詩，我發現我的詩改變了風景山水詩的定義。土地山水被異族侵落後，經過長期的殖民，便成為被殖民的山水或後殖民的山水。被壓迫、剝削的記憶也是風景，山水都染上了政治的色彩。人文進入土地後，山水會變成人文，以人為本位，美國的威斯康辛（Wisconsin）州的陌地生（Madison），被許多華文的文學作品創造出新的生命，今天它是漢學大師周策縱的，他的棄園雖在美國，卻是已被中文化的美國的土地。在研究魯迅的學者心中，仙台是魯迅的，雖然當時他受了日本帝國主義者的侮辱。同樣的，上海曾經一度等於郁達夫，因為他曾浪漫的為文學生活在上海。華山是司空圖的，因為他自認為是華山掌門人。

山水風景浸在文化中，時間久了，會被人文化，甚至被國際化、所以我稱我的詩為人文山水詩。

王潤華

二〇〇五年一月三日元智大學

目　錄

自序：人文山水詩的新定義

（第一輯）佛國的河流 001

一、佛國出家記　／002

　　1.剃髮記　／002

　　2.坐禪記　／003

二、澤國日記　／004

　　1.水稻田中的學童　／004

　　2.渡河記　／006

（第二輯）殖民地的記憶 009

一、椰花酒　／010

　　1.椰樹上的腳印　／010

　　2.樹梢上的椰花酒　／010

　　3.鄉村的憂愁　／011

　　4.椰花酒的聲音　／011

　　5.椰子的墜落　／011

二、集中營的檢查站　／013

　　1.割膠女工　／013

　　2.小學生　／013

　　3.刺死黑影　／014

　　4.餓死影子　／014

三、英國殖民者的吃風樓　／016

　　1.吃風樓前的麻包沙袋　／016

　　2.熱帶水果籃中的手榴彈　／016

　　3.風景都是白人的敵人　／017

　　4.小孩的迷惑　／017

四、新村印象　／019

　　1.亞答屋故居　／019

　　2.新村　／020

　　3.心願　／020

五、逼遷以後的家園　／022

　　1.拒絕殖民的紅毛丹樹　／022

　　2.香蕉樹上倒吊的蝙蝠　／022

　　3.遺棄的亞答屋葉片　／023

六、地摩　／025

第三輯 新加坡的後殖民風景 027

一、寶塔街 ╱028

二、虎豹別墅 ╱029

三、聖淘沙戰堡 ╱030

四、裕廊外傳 ╱032

　　1.山雀 ╱032

　　2.兀鷹 ╱032

　　3.貓頭鷹 ╱033

　　4.鴕鳥 ╱033

　　5.火鳥 ╱034

　　6.大鳥籠 ╱034

第四輯 汶萊水鄉印象 037

汶萊印象 ╱038

　　1.河景酒店 ╱038

　　2.回教堂 ╱038

3.水上人家　／ 038

4.水上村莊　／ 039

（第五輯）日本古寺之旅 041

一、金閣寺詩抄　／ 042

1.樹林中的金閣寺　／ 042

2.湖中的金閣寺　／ 043

二、銀閣寺詩抄　／ 045

1.白沙參道　／ 045

2.銀閣寺　／ 046

3.銀沙灘　／ 047

4.待月山　／ 048

5.銀閣寺庭園　／ 049

三、千手觀音　／ 051

1.三十三間堂　／ 051

2.一千個站立的觀音　／ 052

3.一個端坐蓮花上的觀音　／ 053

4.與觀音面對面站著　／ 053

四、箱根印象　／ 056

1.曲折的山道　／ 056

2.十字路口　／ 056

3.休息之選擇 ／*057*

4.別墅 ／*057*

5.天之道 ／*058*

6.山櫻 ／*058*

（第六輯）韓國尋古之旅 061

韓國慶州尋古記 ／*062*

1.夜宿吐含山小野店 ／*062*

2.泡菜早餐 ／*062*

3.吐含山的如來佛 ／*063*

4.山中傳奇 ／*064*

5.帝王的墓陵 ／*064*

6.秘苑 ／*065*

（第七輯）神州之旅 067

一、蓮花古鏡 ／*068*

二、唐三彩陶俑 ／*069*

三、西安的塵土與樹木 ／*070*

1.泡桐樹 ／*070*

2.塵土 ／*070*

四、在王維隱居的輞川別業　／071

　　1.在藍田縣城　／071

　　2.在山谷中　／071

　　3.輞川　／072

　　4.欹湖　／072

　　5.瀑布　／073

　　6.銀杏樹　／073

　　7.輞川別業遺址上的航空工廠　／074

　　8.夕陽　／074

五、雨中的興慶宮　／076

六、今夜無風，松樹都面向東　／078

七、新敦煌壁畫　／080

　　1.戈壁沙漠上的太陽　／080

　　2.黑沙漠　／080

　　3.月牙泉　／081

第八輯　人物風景 ……………………………………………… 083

一、萊佛士與熱帶雨林　／084

　　1.魚尾獅　／084

　　2.豬籠草　／085

　　3.山中紅蓮　　／085

二、朱銘賣了「孔子」以後　　／088

三、唐代青綠山水畫　　／089

四、在甘乃迪的墓前　　／090

　　1.阿靈頓公墓的寂靜　　／090

　　2.有人挖掘墓地　　／090

　　3.笑了一笑之後　　／091

五、初登華山　　／093

六、日本仙台訪魯迅留學遺跡　　／095

　　1.在仙台醫專第六教室　　／095

　　2.重訪魯迅寄宿的佐藤屋　　／096

七、訪魯迅上海故居　　／097

八、訪郁達夫上海故居　　／100

九、上海訪王映霞　　／102

十、棄園詩抄　　／105

　　1.掃落葉記　　／105

2.掃雪記 　/ 106

十一、訪隱谷白寓花園　/ 108

1.隱谷白寓後花園　/ 108

2.還淚說　/ 108

3.紅與白　/ 109

（第九輯）大峽谷與松鼠 111

一、聖地雅哥的海洋酒廊　/ 112

二、在內華達公路上　/ 114

三、嶽色美地的夕陽　/ 115

四、大峽谷詩抄　/ 116

1.峽谷之謎　/ 116

2.雪之謎　/ 117

3.遊客之謎　/ 118

4.科羅拉多河之謎　/ 119

五、愛荷華集　/ 120

1.秋興　/ 120

2.橡樹與松鼠　/ 122

3.愛荷華市立公園　/ 124

第十輯 加拿大的冰河山之旅 127

一、哥倫比亞冰河三題 ／128

    1.初遇冰河 ／128

    2.洛磯山與冰河 ／129

    3.冰河之舌 ／130

二、山中詩抄 ／131

    1.山的時間 ／131

    2.山的戀愛 ／131

    3.山的個性 ／132

    4.山的思想 ／132

    5.山的文化 ／133

    6.山的宗教 ／133

三、山中對話 ／135

第十一輯 黑暗之心之旅 137

沿剛果河溯流而上 ／138

第十二輯 破碎河山 141

一、吞吃雨林的怪獸——鐵船寫真集 ／142

二、吞噬青山綠水的恐龍——記大馬華人開採錫礦的
金山溝 ／145

三、一棵冷杉樹 ／147

四、白鯨之死亡 ／149

五、一九八九年的貝魯特 ／151

附錄

王潤華生活年表 ／154
王潤華重要著作出版年表 ／159

第一輯

佛國的河流

一、佛國出家記

1.剃髮記

大法師的剃刀移動的聲音
如黑森林中的秋風
而我們茂密的黑髮
就如滿山的樹葉
在一夜之間
蕭蕭的飄落地面
然後，我們將污染的衣服解脫
赤裸如冬天的樹

讓冰水將身體上的塵埃洗淨
披上澄黃的袈裟
打坐、聽經、唸佛
我們盡量讓自己形成
一尊木雕的佛像

夜晚，我們擔心天氣會轉寒
徹夜提防師兄弟為了取暖
把一尊尊木佛劈為柴薪
　　丟進火爐裏燃燒
讓火焰進一步證明
真佛心中應有的舍利子

2.坐禪記

我們每天沿著湖邊的綠草地
在古銅色的雨傘下禪坐
我們悟禪、午睡
飢餓時就飲風吃露

雨水走過湖面後邊
我們的坐姿就像一朵朵含苞
　　待放的荷花
午寐時
我們昏昏迷迷的把自己
　　睡成一朵朵野蘑菇
黃昏後
我們又清醒
如一盞盞長明燈的火焰

兩個月後
湖水清澈如一面鏡
反映著天地萬物
而我們的心清靜如一片肥沃的土地
植物茂盛的生長著

註：泰國曼谷國際機場附近有一座佛寺（Soon Bhuthachak Patibuttham Wat
　　Phra Thamakai）每年三至五月間，收徒三百人，讓世界各國人士剃
　　髮修行兩個月。

一九八五年九月十九日於愛荷華

二、澤國日記

1.水稻田中的學童

老師說
我們穿上綠色的校服
個個都像茂盛的稻禾
只是光頭的矮男生比較像含苞的蓮花
瘦瘦高高的女生比較像水草

我們上學的道路
神祕的隱藏在
翠綠的水稻、野草和蓮花之下
當我們還在遠處
水稻們老早就揮動著小手
告訴在公路旁等待的校車司機
我們的來臨

我們每天從水稻田中走好幾里路
鞋子上卻沒有沾上一絲泥濘
因為我們用船槳走路
我們划的舢舨就像一條魚
從不在泥濘的水中留下腳印

放學回家的時候
躲藏在稻田中的舢舨
一聽見我們的腳步聲
就像狗那樣親切衝上岸來
帶我們回家
我們的家園，像青蛙住的地方
隱藏在外人找不到的水稻深處

我們在水稻田中長大
在學校假期的時候
我們就是千萬畝稻禾中的幾株水稻
從城裏來的同學
怎樣尋找，怎樣呼喚
我們只能以一海的稻浪來歡迎
如果我們走上岸和他握手
恐怕所有的稻禾都會跟著走到陸地上

註：泰國農人，多居住在水稻田中，大人外出，小孩上學，多自划小船
　　代步。從公路遙望，水稻田中的民房和水路，均湮沒在稻浪之中。

一九八五年九月廿三日於愛荷華

2.渡河記

——方舟濟於河，有虛船來觸舟，雖有偏心之人，不怒……有人在其上……則惡聲隨之……人能虛己以遊世，其孰能害之。（《莊子》）

曼谷清晨的運河上
來自兩岸寺廟的鐘聲
汽車的噪音
和一些髒物
都一一被船槳打碎
半浮半沉的
飄流在運河上

載著半船榴槤半船陽光
舢舨中的老人
就像一尊禪坐的佛祖
極熟練的搖著雙槳
急急的渡河
到西岸的水上市場

一艘隨波漂流的空船
只有兩簍蓮花
一些含苞，一些盛開

〔王潤華〕
人文山水詩集

突然橫泊在前面
老人默默的
用一枝竹竿
把空舟推開

接著
一艘機動的小艇
浩浩蕩蕩朝向老人行駛
船上遊客放肆的大聲說笑
老人遠遠的望見
就驚慌憤怒的
惡聲大罵：
滾開，滾開……

一九八五年九月十二日

第二輯

殖民地的記憶

一、椰花酒

1.椰樹上的腳印

屠妖節的黃昏
走出興都神廟
偶爾抬頭
我看見自己走過的道路
是一棵筆直的
高入雲霄的椰樹
巨大的腳印
一左一右的
深深烙在樹幹上

2.樹梢上的椰花酒

我每天把酒囊掛在腰上
沿著樹幹爬進雲霄
收集椰花釀好的美酒
隨著喝酒年齡的成長
這一條通向天堂的道路
卻愈來愈漫長
我要耐心的撥開雲霧
才能找到椰花酒

3.鄉村的憂愁

帶著夢境登高時

我把沾滿泥濘的足印

踏髒藍色的天空

我驚醒白雲、殘月、雞啼與狗吠

帶著夕照回歸人間時

我滿腳的彩霞

美化了灰灰的暮靄

但顫抖的腳步

踏碎鄉村的憂愁

4.椰花酒的聲音

從暴雨中歸來

路旁的酒徒們

喜歡聆聽

懸掛在我腰上的葫蘆酒壇裏

椰花酒的波浪聲

不是英軍在膠林盡頭

圍剿森林中的黑影時

乒乒乓乓的槍炮聲

5.椰子的墜落

風雨雷電

擦洗不掉

我在通向天堂的道路上

留下的巨大腳印

被酒徒閹割過的椰子樹

卻希望有一天

我會像一粒椰子

在風雨中

碰的一聲

墜落亂草叢中

荒棄的墓碑之間

註：我以前在馬來西亞的故居，坐落在一個種植著橡膠樹和椰子樹的山
林裏。在1970年代以前，開採椰花酒，還是很興旺的行業。為了方
便每天爬上幾十尺高的椰樹頂梢，印度工人，在筆直的椰樹幹上切
割出落腳的梯級。從地上仰望，這些階級就像一個個腳印，使人難
忘。椰花酒的製作，首先是將正要開花的花心割斷，接上一個陶
壇，原本輸入椰子果實的甜香的椰汁，便導引如壇中，採椰花酒的
印度工人每天都要爬上樹梢收集這些液體，經過加工，便是椰花
酒。

二、集中營的檢查站

1.割膠女工

清晨五點
軍警細心翻動腳踏車上
膠桶裏的工具
用手電筒的燈光
比照還在夢中的與身份證上的面孔
最後仍然懷疑
女工乳房的豐滿
懷孕婦女肚子的膨脹
等女警用手搜索
證明胸罩與褲子下面
沒有隱藏的糧食與藥品
才讓她們
消失在黑暗的膠林裏

2.小學生

檢查站的英軍與馬來士兵
翻閱我的課本與作業
尋找不到米糧與藥物
便拷問我：

「華文書本為什麼特別重？

毛筆字為什麼這麼黑？」

下午回家時

他們還要搜查我腦中的記憶

恐嚇我的影子

阻止他跟我回家

3.刺死黑影

黃昏以後

當羅哩車

經過山林曲折的公路回來

士兵忙亂的細心搜查

滿滿一車的黑暗

用軍刀刺死每一個影子

因為他們沒有身份證

4.餓死影子

自從「絕糧行動」以後

我爸爸和軍警

聯合守衛新村的出口

用來福槍和卡賓槍去阻止

每一粒白米走出集中營

限定一年內

森林中所有的影子會餓死

可是爸爸與軍警的槍口
卻很疑惑的看見
放學後的孩童
都要走出集中營
回到山野去尋找糧食
番石榴、紅毛丹、山竹
都生長在森林的陰影裏

註：英國殖民地政府，為了杜絕馬來亞共產黨的糧食來源，於一九五〇
　　至五一年間實施新村計劃，把分散在山野的華人搬遷到一集中地居
　　住，進出新村，都需檢查。在所謂保衛團（Home Guard）計劃下，
　　每家至少一人要參與防衛與巡邏工作。所謂新村（New Village）實際
　　上是限制馬共滲透華人，防止華人援助（人力、情報、經濟與糧食
　　等）馬共的軍事行動。由於當時馬來人與印度支持馬共的人不多，
　　不受這計劃的影響。我大學之前的第二個故居，就在這樣的集中營
　　內，地址是馬來亞地摩埠新村、B-31 號。我的小學在集中營外，因
　　此每天上學回家只有一條路，必需經過檢查站。

　　　　　　　　　　　　一九九六年十一月二十七日於愛荷華

三、英國殖民者的吃風樓

1.吃風樓前的麻包沙袋

一個苦旱的季節
灌木草叢常出現的野火
森林邊緣日夜爆發的槍聲
驚動了一隻蒼蠅

它飛到橡膠園外
紅毛人的吃風樓
驚訝的發現
四周高高疊起的麻包沙袋
防止洪水的
蒼蠅不明白紅毛人
旱季裏對洪水的恐懼

2.熱帶水果籃中的手榴彈

陽台上的紅毛人
神情緊張的讀著海峽時報
餐桌上的水果籃裏
堆放著木瓜、紅毛丹、山竹
還有幾粒褐色的小鳳梨

〔王潤華〕
人文山水詩集

蒼蠅嗅到陌生的炸藥味道
才醒悟這不是熱帶水果

3.風景都是白人的敵人

汽車亮麗的玻璃
都裝上褐色的鋼板
遮擋赤道上陽光的滲透
緊急法令宣布
熱帶雨林風景都是敵人
公路兩旁他們自己種植的橡膠樹
黃昏後
都是狙擊白人的游擊隊員

4.小孩的迷惑

小孩迷惑的問
在睡房的玩具之間
堆積起的麻包沙袋
沉重的長槍的意義
母親說：
「這是殖民地聖誕節
奇風異俗的禮物」

註：一九四八年至六〇年緊急法令時期馬來亞英籍橡膠園主生活小記。
　　英國殖民地政府於一九四八年六月宣布新加坡馬來亞海峽殖民地進
　　入緊急狀態，以對付馬共的武裝鬥爭。在馬來亞霹靂州的怡保、金
　　保、地摩、打巴等的橡膠園主英國人的生活，遂大受影響，日夜生

活在恐懼之中。我青少年時代，常經過這些高人一等白人統治者的高級住宅（馬來式的吃風樓），對其生活，非常羨慕，後來又覺得他們很可憐。這裏所記，都是我親眼目睹的生活片段。

一九九六年十一月二十四日

四、新村印象

——一個小孩記憶中的緊急法令

1.亞答屋故居

沙屎壩上
高大純樸的亞答屋
聽到英軍逼遷的命令
又嗅到槍彈味
便暈倒泥地上
強行拉上大卡車
載進集中營

我的故居
已嚇得
只剩下半車的柱子與木板

我家的貓狗
與河邊的紅毛丹樹
都拒絕乘軍車
移居鐵蒺藜包圍的新村
寧願野生在禁區裏

2.新村

牽牛花
企圖攀越鐵蒺藜
潛進集中營
探訪殘存的橡膠樹
先後被軍刀砍死
只有熱帶的陣雨
月光
能自由
進出鐵蒺藜圍困的新村
不必攜帶身份證
也不必通過檢查站

3.心願

我祈禱
但願自己
是一間回教堂
或牛羊
宵禁時
不必回到鐵絲網中
的集中營
繼續住在熱帶雨林
像野胡姬花
還可爬上相思樹

好奇的

向曠野瞭望

註：緊急法令在一九四八年宣布以後，一九五一年開始施行強迫搬遷進
　　新村裏住，下午六時至早上六點半，村民不准外出鐵蒺藜以外的禁
　　區。在鄉村內，晚間十時至早上五點半施行戒嚴令，任何人不准踏
　　出家門。

一九九七年二月二十五日於美國加州聖塔芭芭拉愛那巍他海岸

五、逼遷以後的家園

1.拒絕殖民的紅毛丹樹

因為我家的紅毛丹樹與紅毛榴槤樹
敢在紅毛人的槍炮下
拒絕殖民政府的賠償
不肯被連根拔起
像房屋被拆除後的柱子
粗暴的被拖上軍車
移置到鐵蒺藜包圍的集中營
由於他們堅持生長在河邊
結果山竹、番石榴、榴槤、蓮霧
都為了自由的山居生活
留在荒蕪的故居遺址
與蕉風椰雨一起生長

2.香蕉樹上倒吊的蝙蝠

我們被強迫送進集中營以後
紅毛丹、山竹、榴槤、蓮霧
依舊殷勤守時的
每年二季
以美麗的花朵與果實

呼喚故人回來
倒吊在野草叢中香蕉樹上的蝙蝠
只見小孩偶然出現
成年的男女永遠的失了蹤

3.遺棄的亞答屋葉片

幾根曬衣架的柱子
像駝背的老人
傷心的站不穩
看見
拆除故居
遺棄的亞答屋葉片
在野草中間腐爛
是一頁頁
被風雨撕破的歲月

註：這裏所寫，是我誕生的故居所遭受的浩劫的真實經驗。這個故居在
　　霹靂州地摩（Temoh）埠的南邊沙屎壩河邊。屋子拆除後，我還回去
　　採果子，父母、哥哥、姐姐就不敢回去。成年人去禁區，會被懷疑
　　是帶糧食的秘密行動。一九四八年十二月英國殖民政府決定施行移
　　民（Resettlement）計劃，為當時最高專員（High Commissioner）
　　Herry Gurney 與軍事行動總司令Harold Briggs 的決策。把全馬住在市
　　鎮以外的人（約一百萬人，主要是華人，印度人與馬來人可免）移
　　置到鐵刺網內的集中營，為了好聽，取名為新村（New Village）。早
　　期華人移民，日本時期逃難，多居在山林地區。我家搬進新村時，
　　只帶走一棵還未成長的紅毛丹樹，其餘留下，我家的貓不肯上車，
　　後來卻尋到新家來。移居後，門前河對岸的菜園，日本佔領時期種
　　植香蕉、木薯、蔬菜，後來成為灌森、蝙蝠的藏身之地。

我們故居的屋頂原用亞答葉作屋頂，這種原生長在內陸淡水河口，或沼澤地的棕樹（Nipah-palm）葉子，用來蓋屋頂，在熱帶最理想，可使屋內涼快。當時全馬一齊移民，亞答不夠用，英國人只好提供鋅板（zinc）作屋頂，結果太陽曝曬下，屋內悶熱如火爐，而且鐵釘釘過之處，容易生鏽漏水。

六、地摩

軍警與馬共游擊隊

都偽裝成黑夜

包圍著我們的新村

七點後

我們就關緊門窗

仍然聽到

大剪刀咬斷鐵刺網與電線

滴滴答答在響

鐵錘敲破頭顱的慘叫聲

焚燒警察局、火車站的火光

也從木板的縫隙進來

照紅了我空白的習題簿子

遙遠處

雞啼狗吠聲

還斷斷續續有人砍伐橡膠樹……

註：地摩埠（Temoh）在霹靂州金保（Kampar）以南六裏。金保山接連彭
　　亨山脈，是馬共首領之大本營，一九四九年搬去彭亨‧文冬
　　（Bentong）山裏，一九五二年再搬去泰國邊境的勿洞（Betong）。這是
　　我誕生與長大的故鄉，為典型的深受緊急法令戰亂的小鎮，從英國
　　殖民政府慘無人道的剿共軍事行動，到馬共的殺人放火事件，都曾
　　親眼目睹。這裏所記，主要是在一九四七年至五二年間的印象，在

一九四九年的一個雨夜，我住在萬嶺（Banir）附近，我家擁有的橡膠園裏，不遠處，馬共出動幾十人，把英國人經營的橡膠園的樹以大刀砍傷其表皮，破壞其生產。

一九九七年三月十八日

第三輯

新加坡的後殖民風景

一、寶塔街

只有破瓦上
最後一棵榕樹
才記得
穿著木屐嘀嗒地踏過這條馬路的人
都叫它廣合源街

當榕樹的鬚根爬進屋裏
曾聽見豬仔館內
麻將與牌九通宵碰擊的聲響
也曾嗅過估俚間
汗臭味與鴉片煙的芬芳

最驚訝的是
回春堂的小夥計
用犀牛角水
治好發高燒的病人
在微弱的煤油燈下的老人
從臉色和掌紋
能說出番客過去與未來的道路

一九九二年作

二、虎豹別墅

自從別墅的虎豹死去
一千多個古老的神話
佔據了整個山林
石化成雕塑

雲霧瀰漫中，我聽見
觀世音坐在盛開的蓮花上
普渡眾生的水聲
如來佛挺著大肚子
哈哈大笑
頑皮的孫悟空大鬧天宮

我最怕看見地獄深處
犯人下油鍋、斷舌頭、
身體被鋸開時淒慘的掙扎……

自從五彩的巨龍盤踞在山頭
高科技的滑浪車
立體電影尖銳的音響
把一千多個古老神話
嚇得躲藏在陰暗處……

一九九二年作

三、聖淘沙戰堡

巨炮頑固而且生鏽
仍然錯誤的指著南方
廣闊海面上
大大小小的波濤

遊客們就像當年的炮兵們
　　無聊又疲倦
從炮管中窺伺
懸崖上的落葉
潮汐的一進一退

小孩子們就像流螢
在深邃又曲折的地道下
看見導遊先生像當年的軍官
　　在暗室裏睡眠
冷漠的，如一顆顆大炮彈
等候來自海上的夜襲

只有野生的胡姬花
似乎不願嗅聞彈藥的味道
從碉堡的裂縫

探出頭
迷望張望中
看見遠遠山頭的受降館內
戰爭已經是一張張的照片和幾個臘人
在免費供人欣賞

四、裕廊外傳

1.山雀

早晨十點
椰樹潮濕的影子
　還懶散的躺在宿草叢中
野雀們便將陽光啄吃完了
吱喳吱喳的
又搶著啄吃遊客們
偶爾吐在樹蔭下的一點點謠言

2.兀鷹

當我像相思樹
　　在黃昏裏回去森林
兀鷹
棲息在高高的崖頂
如一塊岩石
飢餓地俯視著
　　渺渺茫茫的我
　　在逶迤如蛇的山路

當我一邊咳嗽，一邊趕路

鷹隼

盤旋在蒼天

像一縷煙

窒息地辨認：

　　我是一棵枯樹

　　還是老病的獵人

3.貓頭鷹

寂寞的下午

我依然捏著一束罪惡的野花

路過貓頭鷹的國度

　　遊客們喃喃地詛咒……

眾燈熄滅

貓頭鷹

全站在教堂的窗口

如一排古老的鐘

靜靜地回憶

　　空谷裏的迴音

4.鴕鳥

既然腳下的沙漠像白雲一片

你又何必永不停歇

來回踐踏著每一粒無辜的沙？

你又何必像含羞草
披上斗笠，冒著雨
把比落葉還要多的腳印
　　一一的擦去？

唉，當天堂鳥啼叫
妳何必慚愧的
將頭埋在沙裏
難道駝鈴已失落在綠洲裏？

5.火鳥

站在沼澤邊沿
等候最後一班開向終點的列車
我像疲倦的蘆葦
　　實在不能負荷太多金絲雀的預言

水中的火鳥，只用一隻腳
仍然埋頭吃完我溺斃水中的影子
又啄吃沉澱在水底的爛泥上
　　第一顆明亮的黃昏星

6.大鳥籠

養鳥的人

拋出一張恢恢的天網
將山谷裏的太陽和樹林
罩成百鳥的天堂

陽光、眾鳥、果子、風聲、和白雲
　　都爭著棲息在樹上
眾鳥、果子、風聲、和白雲
都以陽光為唯一的地糧。

一九七六年一月二十日於南大

第四輯

汶萊水鄉印象

汶萊印象

1.河景酒店

黎明
小河從茂密的熱帶雨林
奔流過河景酒店的後院
以浪花敲打我床前的玻璃窗
把我叫醒
問我
來自新加坡名畫家劉抗的房間號碼

2.回教堂

入夜以後
黑夜殘酷的把村落、市鎮、酒吧一一吞沒
只有金碧輝煌的回教堂
徹夜放送著光芒
耐心等著一個峇迪畫家
前來
給它畫畫

3.水上人家

詩里巴嘉灣的潮汐來回的起落

使時間永不流逝
他們把家園、教堂、學校、商店、醫院
建造在河與海的浪濤上
為了空氣與白雲
喧鬧與污染的機車
永遠阻止在
遙遠的岸邊
我跟著畫家
乘浪
一家一家的
拜訪
我們的身體走進水上的人家時
我們的影子同時走進水底的屋子

4.水上村莊

為了歡迎名畫家的到來
海水淹沒了
所有喧囂與塵土飛揚的
街道與公路
只剩下永遠在搖搖晃晃的
木板小橋
學校、商店、教堂、醫院
都在橋頭或橋尾
只有監獄與銀行
在木板小橋

不能通達的陸地上

註：1993 年，劉抗老前輩與我獲得東南亞政府聯合頒發的亞細安文化獎
　　（ASEAN Award），前往汶萊(Brunei Darussalam)首都詩里巴嘉灣Bandar
　　Sri Begawan)領獎。會後劉老及其女兒道純與我一道觀光水上人家，
　　謹以小詩數首記念此行。劉老九十大壽時，我在祝壽宴會上朗讀。
　　劉老今年（2004）六月已逝世。重讀此詩，再作修改。

　　　　　　　　　二〇〇四年十二月七日於元智大學

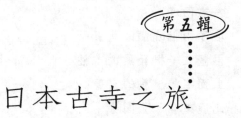

第五輯

日本古寺之旅

一、金閣寺詩抄

1.樹林中的金閣寺

鹿苑寺的正門口
左右兩邊
堆了兩個醜陋的大石頭
再豎立一根發黑的木柱
上面字墨模糊的寫著
北鹿苑寺。金閣寺

我正在辨認左邊的字跡
就聽見樹木奔跑和喘息的聲音
密密麻麻的樹木，爭先恐後
從衣笠山衝下盆地
披頭散髮，衣衫襤褸
攔住我們去金閣寺的道路

他們就像我小時候
在寺廟前常遇到的一群乞丐
從四面八方向我伸出瘦長的手
說著各種討人可憐的真真假假的話
我仰望天空

藍天太陽都被他們乞求的手遮住

我買了一張三百円的入門票
但是眾樹卻比我更早偷偷潛入
金閣寺的庭園
又緊緊的尾隨著我
鏡湖邊緣都用粗壯竹幹圍繞起來
有些松柏竟敢跳越欄杆
站在湖中小洲上
伸出暗綠的手掌
企圖阻止我拍攝金閣寺的全身像

2.湖中的金閣寺

金閣寺很早
就被高舉著火把的樹木驅趕
而離開樹林和陸地
從此站在鏡湖中不敢回來岸上

即使用堅固的竹欄杆把湖圍繞
一些松柏還是潛入欄內
涉水到湖心的小洲上
極嫉妒的瞪著金閣寺
常常故意拋擲落葉和果實
想打破鏡湖玻璃上
金閣寺金光燦爛的形象

湖中的金閣寺
三層樓閣在湖面上
三層樓閣在湖水下
一隻金鳳飛翔在空中
一隻金鳳飛翔在水中

我彷彿看見驕傲的足利義滿將軍
居住在水上豪華的金閣寺
穿著金襴縫製的裟裟
自稱日本天皇
我清楚的看見一條日本鯉魚
也穿著得金碧輝煌
在湖水下金閣寺敞開的門戶間
逍遙的游來游去

註：日本京都西北衣笠山盆地有一個鹿苑寺，庭園樹海一片，鏡湖上有
　　一座金碧輝煌的三層樓的金閣，因此俗稱為金閣寺。金閣寺為日本
　　室町時代（一三九二～一五七三）北山文化的文化代表作，初建於
　　鏡湖邊，一三九七年完成，為幕府第三代將軍足利義滿的山莊。後
　　來多次毀於火。目前之金閣寺重建於一九五五年，為了防火，改建
　　在水上。我是在一九八五年初夏去遊玩，那時柳林枝葉茂盛，水靜
　　如鏡，因有感而作。

一九八五年十月二日

二、銀閣寺詩抄

1.白沙參道

走上由頑石砌成的斜坡
兩邊蒼然的松柏老樹
彎著腰枝，忍住咳嗽
不敢隨意將任何一片落葉吐出
遊客們便一個個開始沉默

一旦踏入深鎖禪意的總門
我即使怎樣放輕腳步
鞋底下的細沙
還是刺耳的嗦嗦地響
我只好慌張的駐足
靜聽，向四方觀望

古老的石頭
被砌在矮牆內五個世紀了
也不敢改變坐姿
舒適一下僵硬的身體
樸素的竹子
被緊緊結紮成籬笆也有五個世紀

更怕換一個站立的姿勢
身體與身體相碰時
會發出清脆又性感的聲音

白沙參道左右兩旁
最喜歡在風中吟唱的山茶和綠松
長年在沉靜中思過
現在超越在竹籬笆和矮石牆之上
已頓悟成
兩道高高厚厚的綠牆

2.銀閣寺

一隻鳳凰向著東方
站立在閣頂露盤上
飲露餐風
活了五百年

鳳凰站在屋脊上
曾看見足利義政將軍
在同仁齋欣賞唐宋名畫
待月山的大火盆熄滅後
他永恆的禪坐在東求堂
以神祕的眼光凝視著外面的世界

觀音依然青春美麗

端坐在潮音閣上五個世紀
以一千隻耳朵聽潮漲潮落
以一千隻眼睛看月圓月缺
她清楚的記得東求堂內
茶道大會時水沸的聲音
以及十二棟風雅的建築
——倒塌的聲響

觀音必然知道
我孤獨的坐在心空殿上
只是疲倦時作短暫的休息
我不會長久等候
彩雲躺在臥雲橋上
仙人渡過迎仙橋
更不會偷窺
月亮在洗月泉入浴時
長長的銀色頭髮

3.銀沙灘

足利義政將軍
曾親自率領一群藝術家
小心又強硬的把西湖搬運到京都
安放在銀閣寺的門外
他發現西湖的水乾枯了
只剩下一片西湖形狀的銀色沙灘

西湖波浪的花紋

仍然像一瓣瓣的花活在水面

觀世音端坐在銀閣寺的二樓上

從十五世紀到現在

還是清晰的聽見

西湖漲退潮的聲浪

每晚月亮在洗月泉沐浴之後

躺在沙灘上把身體抹乾

脫落的銀色

染在每一粒細小沙子的身上

這時候

銀沙灘的月光

照亮了銀閣寺夜晚的庭院

一層層重疊的禪意

4.待月山

足利義政將軍一四四九年得到天下後

便開始癡戀明月

每天他在漱蘚亭

喝過御茶之井煮的宇治茶

便坐在待月山頭等待月出

他恨黃昏來得太晚
便在滿照崗上遍植杜鵑花
引誘夕陽

他知道年年的內戰
明月也蒙上灰塵
因此開闢了洗月泉
叫月亮用飛泉沐浴
然後足利義政將軍坐在向月台
月光臥在銀沙灘上
他們便開始溫柔的談情說愛
這時候山莊的庭院
是一日之中最明亮的時刻

5.銀閣寺庭園

一旦走進銀閣寺的庭園
遊客的腳步不敢稍作片刻停留
足利將軍營建山莊二年後
也被靜寂塑成一尊木像坐在東求堂上
山茶和松樹也被寂寞凍成
參道上左右兩邊高高厚厚的綠牆
所有綠蔭落在地上
都靜止成蘚苔

只有我到處駐足靜聽和細看

御茶之井有人汲水的聲音
東求堂有人喝茶和水沸的聲音
大概茶道正在進行

我渡過錦鏡池上所有的橋
臥雲橋上的雲留下了腳印
仙人在迎仙橋上留下一把扇子
遙望處似乎有水聲
明月赤裸的在洗月泉裏偷偷洗澡

註：銀閣寺位於京都城東北角，與金閣寺遙遙相對。該寺又名慈照寺，
　　原為足利義政（日本足利幕府第八代將軍）於一四八九年建成山
　　莊，兩年後他就逝世。其中銀閣寺和東求堂為當初建築，目前被列
　　為日本國寶。整個庭園設計，很有禪的味道。銀閣寺為日本室町時
　　代東山文化智慧結晶，與同一時代北山文化代表作金閣寺齊名。

一九八五年九月三十日於愛荷華

三、千手觀音

1.三十三間堂

我在京都的朝雨中
走完漫長的七條通
渡過鴨川
登上東山
帶著滿身塵土
心虛虛的踏進
蓮花王院內靜寂的三十三間堂

我脫下泥濘的鞋子
走在長長又幽暗的長廊
排列在走廊上的三十個守衛神
怒目的瞪住我：
三萬三千三十三位觀世音菩薩
你要膜拜哪一位？
每一位觀音都有一千隻纖巧的手
你要吻哪一隻手？
每一位觀音都有十一面臉孔
你如何辨認？

每一位觀音都有三十三種形象
你最崇拜哪一種？

2.一千個站立的觀音

朝朝
為了給你燒香跪拜
我悄悄的從東方回來
躡手躡腳的穿過你左邊十五間堂
透過微暗的燭火
五百位千手觀音
個個金光閃爍的站立在我的左邊
雙手合十，在默默禱告
我多怕她們睜開五千隻眼睛
看見偷藏在心中的秘密：
我跋涉千山萬水，為的就是膜拜你

暮暮
為了求你渡我到極樂的淨土
我嘗試打北方回來
膽怯怯的走過你右邊昏暗的
　　十五間堂
又有五百位千手觀音站立在右邊
我多怕那五千雙金碧輝煌的手
一起伸出來阻止我
我跋涉千山萬水

主要是求你將我過渡到極樂的淨土

3.一個端坐蓮花上的觀音

在三萬三千三十三位觀音之中
我在遙遠的長廊盡頭
就看見你慈悲美麗的坐像
因此我虔誠的向你走來

你曾經在十三世紀京都大火災中
千姿萬態的
從佛像的灰燼中走出來
你也曾經在十六世紀京都大地震後
一塵不染的從廢墟中走出來

然後
被供奉為第一千零一位觀音
安詳的端坐在七重蓮花座上
成為眾人膜拜的中心

4.與觀音面對面站著

獨有你美麗、安詳、慈悲
端坐在十一尺高的九層蓮花座上
你的左邊
有五百個千手觀音
以五尺五的高度，大方優雅的站立著

你的右邊
也有五百個千手觀音，姿勢典雅的站立著
以五尺五的高度
每一位跟你一樣，雙手合十
默默的祈禱

我但願與佛有緣
天天在你腳下點亮
堂內幾萬支白色的蠟燭
虔誠的站立著，與你面對面

　　朝唸觀世音
　　暮唸觀世音

我要求神拜佛的眾人
看見你高高端坐在
一朵出污泥而不染的巨大蓮花之上
以十一個臉分別朝向十方國土
用一千隻眼睛洞察四方上下
然後
每一隻手拯救二十五個罪惡的世界
每天變成三十三種形象出現在
　　苦難的人間
去挽救充滿罪孽與悲劇的人類

註：日本京都三十三間堂，本名蓮花王院，正殿長形共有三十三間，因
　　此得名。內供奉一千零一尊觀音佛像。以一尊坐著的觀音為中心，
　　其左右各有五百尊觀音站立像。此外後面走廊還有雷神、風神等三
　　十尊守衛神像，這些連同建築，均列為日本國寶。據說每位觀音都
　　有三十三種不同的形象。

一九八五年九月廿六日於愛荷華

四、箱根印象

1.曲折的山道

早晨上山
巨大的樹根
奇形的怪石
就像驚蟄後的松鼠野兔
紛紛在斜坡上探頭探腦
觀望每一部上山的汽車
而且還想跳越過馬路

2.十字路口

當汽車停在十字路口
路牌上寫著
前行是溫泉鄉、煙宿
　　鷹巢山、早雲山
左轉是蘆之湖
右轉是天之道
在眾多美麗迷人的地名前
我真不知道該往那裏去

3.休息之選擇

中午時分

當我們疲倦又飢餓

車子過處，盡是

落雲

見晴

炊煙

甘酒

以及虹之茶屋

我們要到那一間

最美麗的茶屋休息？

4.別墅

八間客房

形成一朵櫻花

盛開在蘆之湖的岸上

每一片花瓣朝向一座山嶺

三國山、乙女嶺

大觀山、十國嶺

金時山、二子嶺

早雲山、長尾嶺

美麗的山名取代了房號

我每天住一間房
白天把山嶺當作書
　　　打開來閱讀
晚上把山嶺當作枕
　　無憂無慮地安眠

5.天之道

在眾多的道路之中
我們選擇了
建築在雲海中
飄浮不定的天之道
我們既然從茫茫的天涯來
現在就該走向茫茫的海角去

太陽和富士山
四處浮沉
偶爾顯現眼前
我便立刻下車
膜拜和歡呼

6.山櫻

上山時
鐵黑的櫻樹
枝椏上沒有一片葉子
小小的花蕾

彷彿是冬天殘餘的冰雪
下山時
太陽照亮狹窄的山道
兩旁一片白茫茫
猶如大雪封山
汽車突然全停泊在路上

下車細心觀望
原來櫻花喧鬧的
把生命燦爛的開放
獻給春天的太陽

註：箱根距離東京約有半天路程之遠，是一個高原避暑勝地。我的朋友
　　今富正巳夫婦曾開車陪我們一遊，並在東洋大學教授之保養所（別
　　墅）住宿。

一九八六年八月六日

第六輯

韓國尋古之旅

韓國慶州尋古記

1.夜宿吐含山小野店

等我從漢城趕到慶州
新羅王朝的一個個朝代
像一盞盞的燈熄滅了
只有佛國寺的真理之光
仍然在遙遠的吐含山上閃爍

在一千年繁華王朝
遺留下的黑暗和寒冷中
我通宵失眠
高聲的與歷史對話
想不到卻吵醒了
薄薄的紙窗外
從公元前就禪坐到現在的
一尊一尊的石佛
也驚動了圓形土壙中
安眠的帝王

2.泡菜早餐

第二天醒來

我在早餐裏

發現韓國田野

四季的顏色

都被廚師採集齊全

整齊的排列成十六盤泡菜

李朝的王孫

勸我學習新羅王朝的臣民

天天大吃五色繽紛的泡菜

歸國後

必吐出燦爛的文化

3.吐含山的如來佛

在吐含山石窟庵裏

釋迦如來

從八世紀禪坐到今天

容貌和坐姿依然慈祥安穩

他坐著的那一朵蓮花

比八世紀初次綻開時更潔白

釋迦如來

日夜用他眼中如旭日的光芒

把日本海盜驅逐出東海

守衛著新羅王朝的海岸

普渡著眾生的苦難

4.山中傳奇

午後
柳樹披著長長的金髮
在風中閃動著曲線玲瓏的腰枝
隔著一片稻田
導遊細數
新羅王朝極盛時代
南山上傲視王都
莊嚴輝煌的廟宇

遙望南山
我只見東歪西倒的老杉古松
半埋山腰的亂石
似乎還在側耳傾聽
宏亮梵鐘的回音
和寺廟倒塌的轟然巨響

5.帝王的墓陵

在初春的艷陽下
一個個土墳
就像臘黃的炸饅頭
一群一群的遊客像螞蟻
忙碌的來回奔跑
仰望著巨大的饅頭

不知從那一部份吃起？

而我卻像挖墓人
為了偷竊墓中珍貴的陪葬物
在十幾個完全相似的圓形土墳間
徘徊、猜測
帝王到底躲藏在那一個
　　土墳深處安眠？

6.秘苑

遲到了一千多年
支撐過
富麗堂皇的臨海殿之基石
已埋沒在泥沙中

冰雪溶解後
雜草從泥土裏
驚喜的探出頭說：
雁鴨池中的春水
藍藍的天
和蓬萊仙島
從七世紀開始
看著一個個君王如落葉般消逝

站在雁鴨池畔體態婀娜的柳樹

把一湖春水當作鏡子
撫弄著剛在春雨中
梳洗過金色的長髮
她根本沒聽說過
雁鴨池的形狀
原是新羅王朝統一三國後的版圖

註：韓國慶州在首爾（漢城）之南，為公元前五年至公元九三五年新羅
　　王朝之故都，歷史古蹟特別多。

一九八六年八月一日

第七輯

神州之旅

一、蓮花古鏡

唐代留下的笑容
像夏季的蓮花
仍然盛開
沉重的湖水
也變成一朵蓮花

二、唐三彩陶俑

將千年的塵土
細心的洗抹後
我又尋找到
戰火無法燒燬
您滿臉的微笑
身體的曲線

一九九九年四月二十日於西安旅次
二〇〇四年十二月六日改寫

三、西安的塵土與樹木

1.泡桐樹

冬天

黝黑的泡桐樹

像一排排煙囪

噴吐出滿天滿地的賊氣

春天

像一支支魔術棒

吐出漫山遍野

紫色的雲朵

2.塵土

唐朝

留下的繁華與笑聲

被我踏碎成

滿街的塵土

落在我的身體與鞋子上

我每晚回返酒店

睡在歷史與記憶上

通宵失眠

四、在王維隱居的輞川別業

1.在藍田縣城

在藍田市鎮上
午餐
驚見蔬菜含著朝露
桃子帶著宿雨
由於饑餓
我很殘忍的
把它吃了

在泥濘的街道上
我貪心的
把便宜的玉和藍田的煙
一齊買下來
裝進旅行袋裏

2.在山谷中

進入輞川山谷時
我想
到了王維隱居的輞川別業
在新雨後

讓野草把我染綠
再聽聽雨中山果落的聲音
夜裏
看鳥鳴澗的月出
如何驚動山鳥

第二天
再到田野拍攝
仙桃飽含的宿雨
綠柳枝頭的春煙
讓山中的空翠
濕透我的衣服

3.輞川

遠樹蒼翠
但每一棵河邊的古木
在輞川的水上
卻找不到自己的影子？
落日找不到渡頭
山客又怎能入眠？

4.欹湖

一千年後
欹湖的水
已變成洶湧的陽光

沉默的石頭

翠綠的野草

沒有湖水

我

又如何過渡到對岸的青山白雲深處

找你下棋

各賦絕句？

5.瀑布

我在沉思

銀杏樹也在苦思

沒有泉聲

沒有鳥鳴

對面山頭

沙石不斷滾下來的聲響

才使我們想起

瀑布已經乾枯……

6.銀杏樹

一千多年前

雨中落下的山果腐爛了

空林的積雨乾枯了

凋落的桂花化成了泥

為什麼當年雨夜

從王維手植的銀杏樹落下的葉子

依然翠綠

如《王右丞集》的詩？

7.輞川別業遺址上的航空工廠

當我走到水窮處

航空業的紅磚工廠

躲藏在山坳裏

還怕蘇聯的轟炸

當年關閉的門邊

老工人談笑間

才想起鏟泥機

曾把王維的墓碑埋在地下

8.夕陽

我像王維詩中的夕陽

回到深林

卻照不到青苔

孤煙找不到遠村

漁樵找不到渡頭

只有歸鳥

驚喜的找到一棵王維手植的銀杏樹

註：王維隱居的藍田輞川在西安東南三十里的山谷，由於隱蔽，曾建軍
　　事工廠於此，因此很少人到過。今年（1993）我由於研究王維詩中

的桃花源世界，排除萬難，終於去了。輞川開始乾枯，自然生態也
大受破壞。王維是環保主義者，如果知道，一定大哭！

一九九三年

五、雨中的興慶宮

大雨的早晨
空曠的興慶宮裏
唐玄宗與貴妃纏綿的戀愛
除了我和你避雨的沉香亭
只殘存著泥濘和汗水

滿臉灰塵的牡丹花
紛紛猜測
我們是〈長恨歌〉的鬼魂
還是輪迴後的情人

樹林深處一陣狗吠
原來一隻猛犬發現
李白醉後
不是睡在長安市的酒家
卻在沉香亭後的湖中大石上
一個年輕的漁人
正企圖釣取李白的夢幻……

註：唐初皇帝在長安太極宮辦理朝政，玄宗開始建興慶宮，主要為了貴
　　妃。我們為了愛情於一九九三年五月十九日冒雨進去，裏面只有我

們二人，後來發現還有李白在睡覺……

一九九三年

六、今夜無風，松樹都面向東

一

撐船人
從最後一條浪救起濤滾滾的大河裏
一手把唐三藏救起
在無底船上
他抖衣服，垛鞋腳時
看見自己的屍體隨濁流飄去……
輕輕跳上岸
再回頭
無底船不知去向

二

漁人
看見師徒四人
把經典一一攤在岸邊大石上
曬乾
扶著馬挑著經走後
曬經石上猶有字跡

三

南洋拓荒人

站在望經樓上

瞭望西去塵土滾滾的路

底下長安洪福寺

大小僧人大叫：

「今夜未刮風

如何松樹的枝頭都轉向東方？」

八戒挑著經，沙僧牽著馬，行者領著聖僧

唐太宗與眾官已在樓下相迎……

註：一九九三年登西安大雁塔遠眺及讀《西遊記》後有感而作。一九九
　　七年定稿於美國加州。

七、新敦煌壁畫

1.戈壁沙漠上的太陽

戈壁沙漠上的太陽

淩晨就醒來

隨著風沙

向四面八方爬行

喝乾了地上的海水

吃完了天上的白雲

只剩下一些石磧

和幾片駱駝草的綠草

只追逐著一群

來自熱帶雨林潮濕的影子

凶猛的吞噬著……

註：一九九四年五月初，我們三十多位新加坡人在戈壁灘上，發現太陽
　　比赤道上的更凶猛。

2.黑沙漠

天上的雲

看不見自己的腳印

我在沙漠上

找 不 到 自 己 的 影 子
沙 漠 為 了 清 涼
吃 完 了 綠 葉 與 影 子
沙 漠 與 山 丘
都 變 黑 了⋯⋯

註：一九九四年五月六日，從敦煌赴柳園途中經過黑沙漠，泥沙與高山
　　都呈現黑色。

3.月牙泉

我 與 回 民
騎 著 駱 駝
在 茫 茫 的 沙 漠 裏 尋 找
中 世 紀 天 空 上
失 落 的 月 亮

靜 臥 在 泉 水 裏
迷 失 的 新 月
疲 倦 得 不 敢 再 走 動
它 親 眼 看 見
一 陣 風 沙 湮 埋 了 一 隊 士 兵
靈 魂 還 日 夜 嘶 喊 著

我 們 的 肩 頭 和 駝 峰
都 有 一 小 片 沙 漠

新月與泉水要求留下
它們渴望蒼黃以外的顏色美夢
已慢慢生長著
一叢翠綠的蘆葦

　　　　　　　　一九九四年在敦煌旅途中

〔王潤華〕
人文山水詩集

第八輯

人物風景

一、萊佛士與熱帶雨林

——紀念地球日，我懷念起萊佛士當年對南洋森林中花草植物的興趣與愛護。

1.魚尾獅

日落時

雨樹葉子含羞地閉合起來

我在新加坡河口垂釣

望見魚尾獅獨自流淚

因為波浪尋找不到海岸

潮汐撫摸不到柔軟的沙灘

站立在河岸上遠眺的萊佛士

焦急的想走進國會大廈

發表他的感想：

「太多摩天大樓

遮擋住我的遠見

我再也望不見熱帶叢林裏

懸掛在葉上的大酒杯

突然冒出地球上的最巨大的花朵」

2.豬籠草

當我們帶著殖民地圖與槍炮

在島上的熱帶雨林探險

豬籠草綠色的葉子

首次撞見我們這群紅毛人

企圖轉過身就逃走

一顆子彈爆炸後

所有葉子都驚嚇成

一個個高腳酒杯

懸掛在天空

在黑暗貧瘠的叢林裏

迷失方向後

我們口渴又饑餓

高深的杯子裏

傾倒不出半滴酒

也抖不出半片陽光

只有毒液與昆蟲的屍首

3.山中紅蓮

藤蔓從熱帶雨林垂下

在泥土裏慢慢潛行

偶爾探出頭向四處觀望

在無法預言的夜晚

它從藤蔓的樹皮跳出來

像一顆包心菜

悶悶不樂坐在枯葉上

只在另一個悶熱寂靜的夜晚

放肆、誇張的

開一朵大紅花

比子彈的爆炸

更驚動森林中所有的昆蟲與野獸

三天後

腐敗成一堆爛泥

新鮮蘑菇的芬芳

變成死屍的臭味

土著與我們都懷疑

它不是隱居在藤蔓的一絲寄生菌

而是一個寂寞而死的冤魂

或是恣意揮霍生命浪子的輪迴

後記：發現新加坡並把它發展成大商港的英國軍官萊佛士（Stamford
　　　Raffles），除了是一個值得尊敬有眼光的殖民主義者，他也是愛好
　　　又愛護熱帶花草植物的人。許多雨林裏的花草樹木，因為他的報
　　　告才為人所知。他曾雇請許多畫家，把東南亞的花草樹木一一畫
　　　素描，目前收藏在新加坡的博物館裏。這裏所寫的一種豬籠草，
　　　因他首次發現而命名為Raffles' Pitcher，杯長形，約一尺深，黃色
　　　帶斑點，在新馬比較少見。另一種被稱為地球上最大的花朵，在
　　　蘇門答臘與婆羅洲森林常見，也是為萊佛士最早發現，現在學名
　　　也以他為名Rafflesia flower這是寄生在藤蔓上的一種菌類所開的

花，土著稱它為屍首花（Corpse flower）或蓮花（bungapatma），冒出地面時，形如大包心菜，橙色，開花後深紅色，花瓣厚而堅硬，花莖三尺多，不過三天後就開始腐爛，且發出屍體臭味。

　　　　　　一九九七年四月十七日於加州大學（UCSB）

二、朱銘賣了「孔子」以後

走過萬里

尋遍金山朱銘美術館的草地

在人間

除了打太極與機器人

全球中文系主任

就找不到孔子

我突然想起

在八十年代

李光耀買走朱銘早期的「孔子」雕塑

讓新加坡航空運回國

讓孔子住在新加坡大學文學院的山坡上

儒家思想便與

熱帶雨林一起生長

在後殖民地的校園

權威的英語也開始變調

教室充滿多元文化氣息

我一個人孤獨的

等待全球化時代的到來……

三、唐代青綠山水畫

一千多年以來
唐玄宗半夜醒來
向楊貴妃抱怨：
自從李思訓在我的宮殿牆壁上
畫了幾筆
青綠的山水
從唐代曲折地流傳到今天
我夜裏都聽見
流水的聲音
那些波浪
星光粼粼
叫我如何入眠？

四、在甘乃迪的墓前

——一九九六年再訪，發現下嫁船王的賈桂琳
逝世後又回到甘乃迪的身邊

1.阿靈頓公墓的寂靜

只記得
一九六三年達拉斯的槍聲中
我倒斃在黑色的座車裏
然後
擁抱著二位幼小的兒女
長眠在阿靈頓公墓靜寂的角落
還隱約聽見
波多麥河對岸
一九六一年踏進白宮時
佛洛斯特的詩歌朗誦……

2.有人挖掘墓地

一九九四年的五月
當我從挖掘墓地的碰擊聲驚醒
才證實流言所傳
賈桂琳下嫁船王歐勒斯後

又帶著夫姓回來找我

而且躺在我的身邊

在名譽與金錢，長明燈與島嶼之間

最後選擇了前者

因為她已熟讀希臘的哲學……

3.笑了一笑之後

當我送你走出白宮

黑暗日夜吞噬我的美貌

船王歐勒斯搶救我

用克麗汀娜號豪華遊艇

護送去斯柯飄島隱藏起來

原來他喜歡收藏

世界上美麗的女人

一九七五年在巴黎

當船王在醫院嚥下最後一口氣

我在公寓裏收拾行李

小心收藏起二千六百萬元現款

沒有一滴淚水，沒有一聲歎息

只在葬禮上

向新聞記者笑了一笑

便逃離斯柯飄島

讓那遊艇在風雨中

去陪伴那個死老頭……

後記：我多次訪問華盛頓，每次都去阿靈頓公墓（Arlington National Cemetery）參觀。一九九六年再去發現甘乃迪（John F. Kennedy, 1917～1963，美國第三十五任總統，一九六一年當選，一九六三年被暗殺）的墓地，與以前所見不同，原來他的遺孀賈桂琳（Jacqueline）下嫁希臘船王 Aristotle Onassis，她於一九九四年逝世後，自己要求葬在甘乃迪身邊。墓碑上她的姓名還是帶著船王的夫姓：Jacqueline Kenendy Onassis。歐勒斯死於一九七五年，葬在希臘的他家擁有的 Skopios 島上兒子的墓旁。根據媒體報導，船王死時，賈桂琳冷漠無情，因二人關係早已破裂，船王女兒以二千六百萬美元把她打發走。甘乃迪就職典禮時，特地邀請名詩人 Robert Frost 上台朗誦詩歌。

一九九七年於加州聖塔芭芭娜

五、初登華山

清晨醒來
昨夜華陰縣城寒冷的黑暗
已是翠綠的華山
聳立在窗前
伸懶腰時
我的手差點打到它

它吵著要走進華山賓館
與我一道吃早餐
可是我們只有稀飯饅頭
它卻只吃白雲和朝露
華山便化成一朵蓮花
回到山上

當我去尋找它
昨夜的爬山者
咳嗽喘氣
步伐顛簸地走下山
帶著滿臉的朝陽
沒有帶回來仙人掌上的雨
蓮花上的春煙

於是剛踏出回心石的左腳
又抽回來
雖然華山第一掌門人司空圖
已在山峰上等了我二十年……

註：我的博士論文研究司空圖，他隱居華山並在此寫《二十四詩品》。當
　　年不能去大陸，今年才彌補，可說太晚。

一九九三年作

六、日本仙台訪魯迅留學遺跡

1.在仙台醫專第六教室

九十年後
我回到仙台醫專第六教室
坐在魯迅的座位上
幻燈片仍然無聲放映著
日軍槍斃中國偵探
子彈突然發出刺耳的爆炸聲
驚醒了我
發現學者們已悄悄離去

我匆忙追趕出去
魯迅在校園一棵松樹下
滿臉困惑的
望著前面仙台醫專校史展覽館
世界各國的學者
正低頭爭論魯迅的成績單
為什麼有三種分數計算錯誤？
為什麼誣告藤野先生在筆記裏留下暗號
而偏偏解剖學卻不及格？

一九九四年作

2.重訪魯迅寄宿的佐藤屋

夏季最後的一日

佐藤屋在綠樹中午寐

樓上右邊魯迅寄宿的屋子

玻璃窗緊閉著

從後院廚房升起的炊煙

從水井中飛出的小鳥

都在尋找

魯迅今天有沒有回來

再與宮城監獄的犯人

共吃同一鍋裏的飯菜？

後記：魯迅於一九○四年九月赴日本仙台醫專，二年級中途退學，因為
　　　救中國人的靈魂比肉體重要。今年為魯迅留學仙台九十週年，醫
　　　學院（現屬東北大學）為此邀請國際魯迅學者前往出席一國際研
　　　討會。

一九九四年九月

七、訪魯迅上海故居

1.

整整一個下午
我站在且介亭門口
等待魯迅
踏著滿街的落葉回家

2.

吶喊之後
我開始感到彷徨
因為我疲倦的影子
吵著要離我而去

3.

路邊一株野草抬起頭
很有耐心的說：
這就是上海山陰路大陸新村九號
魯迅在這屋子裏
翻譯過「死靈魂」
寫了「花邊文學」、「且介亭雜文」
編選「中國新文學大系」小說二集

又寫完「故事新編」
在一九三六年十月十九日清晨
咳嗽、抽煙之後
便披衣出去散步

4.

我突然聽見
魯迅在樓上咳嗽
便立刻上一樓尋找
瞿秋白沒有匿藏在客房裏
魯迅臥房書桌上壓著一篇未完成的
「因太炎先生而想起的二三事」原稿
煙灰缸還發出美麗牌香煙的煙味
那枝傾斜立著的毛筆
聆聽了五十年樓梯的聲音
等待著魯迅回家寫完它

5.

我匆匆走進附近的內山書店
正在聊天的不是魯迅和內山完造先生
而是中國人民銀行的職員
他們正在點算鈔票
門口那棵法國梧桐告訴我：
它認識魯迅
如果他從山陰路回家即刻通知我

6.

我沿街向每一棵法國梧桐樹查問
它們都說
常常看見阿Q、閏土、祥林嫂等人經過
短鬚撇在唇上的魯迅
五十年來卻未曾出現過

7.

下午五點
在靜謐的虹口公園
我終於找到魯迅
他沉默的安坐在園中的石椅上
草木都枯黃了
只有他身上的綢袍還是那樣綠

註：一九八六年十一月一日訪上海山蔭路魯迅故居、內山書店及魯迅墓
　　之後作。魯迅自稱這故居為且介亭，瞿秋白曾居樓上客房。內山書
　　店原址目前已改成為銀行。

八、訪郁達夫上海故居

1.

當我趕到

馬霍路德福裡302號

郁達夫和鄭伯奇住宿的

泰東圖書局編譯所

門邊一堆垃圾回憶說

「創造季刊」編好後

他們已去四馬路紹興館喝酒

逛城隍廟的小鋪子

以及北京街的舊貨攤

可是在虹口外國人的舊書店

我也尋找不到

眼睛細小、聲音沙啞的郁達夫

正在以流利的英語

跟外國女郎開玩笑

2.

我仍然隱約聽見

郭沫若和郁達夫

在哈同路民厚南裏的夕陽樓

激烈討論

在一品香

召開「女神」出版的一週年紀念會

以及如何跟胡適打一場筆戰

3.

偶然路過

赫德路嘉禾裏 1442 和 1476 號

老舊的樓屋裏

魯迅和郁達夫編好「奔流」創刊號

便傳出郁達夫與王映霞

新婚後浪漫的笑聲

接著

郁飛郁雲不願意降臨這片半殖民地

而大聲哭號

九、上海訪王映霞

1.

一腳踏入

上海復興中路的

一條狹窄的小弄

我才知道已走進

郁達夫失蹤四十年的傳奇裏

我們四個人

搜索著路上

每一位婦女的面貌和背影

企圖找到

郁王婚變的謎底

2.

我們敲門

充滿神秘色彩的一號房門

仍然緊鎖

不肯洩漏半點

隱藏了四十多年的心聲

3.

窗外
一張晾曬在院子中的棉被
在秋風中傷感的說：
我家主人杭州美人王映霞外出
仍然四處尋找郁達夫
怕他還醉臥在霞飛路或四馬路

4.

我們坐在院子裏閒聊
秋天的陽光像一隻軟綿綿的貓
伏在我們的腳下偷聽
關於郁達夫婚變與失蹤的對話
然後爬上半開的窗
好奇的向屋內窺探
從九點到十一點多鐘
我一直望著弄口
盼郁達夫牽著王映霞的手
親親密密
踏著梧桐樹的落葉回家

5.

就像一九四〇年離開新加坡後
王映霞又一次單獨歸來

四十年後

她依然儀態高雅

當她把大門打開

我們發現

那一場悲歡離合

就只剩下小小的房間裏

一套灰色的沙發

一張掛著蚊帳的單人床

一張一九七四年西蘇中學榮休的證書

以及藏在她心裏深處

郁達夫喜怒哀樂變化無常的形象

一九八六年十一月一日

十、棄園詩抄

1.掃落葉記

聽說我離開棄園十二年

每年的落葉都留到第二年的春天

讓驚蟄後的野兔和松鼠去辨認

　　每一片葉子落自那一棵樹

讓白楊和橡樹上的綠葉看看

年老後的自己的顏色

當我們花了一個美麗的黃昏

打掃去年的落葉

我發現很多是我十二年前

告別棄園時踐踏過的

難道它們忍著腐爛等我回來掃？

於是我們將前六年的落葉

用來燒飯煮茶

近六年掉下的

留到晚上燒火取暖

突然主人放下懷素之筆

掃落葉的聲音使他感到不安

推開柴門，他驚訝的發現
原來覆蓋著秋葉的庭院
一片綠草像他的草書
有勁的鬚根在大地上
在秋風中飛舞

2.掃雪記

據說我告別棄園十一年
每年的積雪到夏天都不會融解
棄園的夏蟲都知道冬雪的白
甚至秋鳥也感受過玄冰的冷

當我們掃除積雪
剷與冰相碰擊的尖銳聲
使我相信屋角的玄冰
曾在那裏冬眠了許多年

我雙手捧著陳年老雪回去煮茶
水沸騰時的浪潮聲
並沒有驚醒主人
也許他正夢到在園中種樹
竟種了滿樹的風雲
十年多來他把朱門深鎖著
只讓春風秋雨自由的進出

我和其他客人一邊喝茶
一邊跟坐在客廳四周的古董聊天
我偶然忘記外面世界的寒冷
唐朝的如來佛忘了主人還在睡覺
　　放肆的嘻嘻哈哈大笑

後記：棄園是我的老師周策縱教授在陌地生郊外民遁路的公館。今年參
　　　加愛荷華大學的國際作家寫作計劃，因此有機會回去二次。第一
　　　次是十月二十三日，和淡瑩、楊青矗、向陽、方梓同行。當時落
　　　葉滿地，但草地仍然青綠，半個月後再度回去，大雪紛飛，景象
　　　與前次完全不同。

　　　　　　　　　　　　一九八五年十二月一日於愛荷華

十一、訪隱谷白寓花園

1.隱谷白寓後花園

在隱谷深處
等待神瑛侍者
從群芳夜宴的夢裏醒來
我們每次都要點亮所有的燈
照明每一棵花木
憂愁夜已深沉
白花都已睡去

2.還淚說

那一棵
在西方靈河岸上
三生石畔的
絳珠仙草
受了千年甘露的灌溉
現在日日夜夜
把一生的眼淚還他
纏綿不盡的淚水
滴濕了整個花園
勾引出多少風流冤家

下凡時

情思幻化成

大紅大白的花

3.紅與白

我們在白府討論過

紅學與白學中

受盡沉淪之苦的人物

走到後院

紅白的山茶盛開

雖然綠色的春天還未回來

杜宇尚未悲啼

杜鵑花

血一般紅

雪一般白

竟忘記了春夏秋冬

後記：我自一九九六年十二月初，到美國加州聖塔芭芭娜（Santa Barbara）
隱居寫作半年。小說家白先勇住在附近隱谷（Hidden Vallage），自
名白府為「隱谷白寓」。二年前自加州大學提前退休後，專心撰寫
父親白崇禧將軍傳，每日以觀賞花草為樂。他平日喜歡夜裏讀書
寫作，午後才起床，夜長日短的冬季，我與淡瑩多次拜訪，都在
下午四、五點以後，需要開燈照亮院子，才能看清楚爛漫的花
朵。

去年底今年初，加州多雨，後院常積水，但花草依然茂盛燦
爛，令人想起《紅樓夢》中還淚神話。白先勇愛種山茶與杜鵑，
品種繁多，已成專家，其中以紅白二色最多。一九九七年二月

中，周策縱教授夫婦與我們同去賞花，他過後題詩，說紅白花象徵紅學與白學：「白府主人百花伴，花紅花白半主人；紅學至今加白學，金釵十二盡花神。」白先勇最愛讀《紅樓夢》，曾在第一屆國際紅學大會中，追述《紅樓夢》對其小說之影響。從此學術界的朋友對目前世界各國對其小說之研究稱為白學。

一九九七年三月三十一日於美國加州大學

第九輯

大峽谷與松鼠

一、聖地雅哥的海洋酒廊

開始
我們清晰的聽見
啤酒泡沫的破滅
咖啡裏方糖的溶解

將近午夜
我們大聲說話
故事還未傳達耳邊
語言已破碎
落了滿地

太平洋的浪濤
敲打著落地玻璃窗
苦苦要求進來
與我們同桌喝酒
因為海水已受汙染

看見牆壁上的照片
十年前
一群海浪沖破了玻璃
搶酒喝的凌亂場面

我們便匆匆離開

浪濤叫喊著口渴的拉賀雅沙灘

註：一九九〇年三月葉維廉、廖慈美兄嫂請我們到聖地雅哥的拉賀雅沙
　　灘上一酒廊喝酒（Marine Room, La Jolla, San Diego），午夜前，浪濤湮
　　沒沙灘，打在玻璃窗上，它曾一度打破玻璃，把酒廊湮沒。

二、在內華達公路上

當車子駛出雷諾賭城
向內華達廣闊的天空飛馳
一群牛馬
默默低頭吃著
沙漠上
殘餘的白雪

註：雷諾（Reno）是美國內華達州第二大賭城。在賭場裏，人人埋首賭
　　桌上，一走出城區，看見牛馬在雪地上悠然的樣子，不禁感歎人的
　　墮落。

一九九〇年

三、嶽色美地的夕陽

也許是為了

黑暗覆蓋不住

白皚皚的大雪

而感到茫然

黑樹林後面

落在山崖上的夕陽

還在燃燒著石頭

圓圓的

紅紅的

成為

黑夜裏

流浪的太陽

註：一九九〇年二月大雪後，在嶽色美地國家公園（Yosemite National
　　Park）住了兩天，一個晚上，偶然抬頭，發現一個岩石透紅，原來是
　　夕陽殘照。

四、大峽谷詩抄

1.峽谷之謎

當我的飛機

像冬天裏最後一片落葉

在大峽谷狹窄的空間探險

孤立的雪伏身斷崖上

將頭伸到削壁下窺伺

喝醉後的樹

用根鬚攀住山峰殘破的額頭

把身體往下倒

注意的傾聽谷底的訊息

大頑石已經爬到裂層的一半

好像作好姿勢

隨時準備跳下谷底

冬日的大峽谷

依然大方、矜持

把谷底深處的秘密半掩半露

讓那一道波濤洶湧的河流

廢棄的礦井、茂盛的草木

若隱若現

遊客就像印第安人

天天膜拜它那一份神祕

2.雪之謎

我在低飛的機上往下望

雪懶散的躺在斷崖上曬太陽

心灰意冷的問我：

你能幫忙我填補破碎的大地嗎？

一萬年以來

每年的冬天

雪最大的心願

就是想把破碎的大地

用潔白的雪花填平

可是每一場大雪

還未滾落谷底

卻已粉碎成水滴

無聲無息的被科羅拉多河沖走

當我站在白天使客棧前遠眺

大地山河更加破碎不堪

斷崖處血跡仍然斑斑可見

站在我身邊的雪人嘆息說

只有在一九四八年

雲霧曾將破洞填滿

雪慢慢的從南緣散到北緣

就那一年

雪沒有孤獨的在一個斷崖上

寂寞的站立一個冬天

3.遊客之謎

我站在白天使客機前放眼眺望

五十哩的大峽谷像一張地圖

立體的展現在前面

我整個早上

用照相機捕捉

每分鐘大峽谷神情儀態的變化

每小時體態和面貌上的變化

偶然一轉身

我發現左邊削壁上

一個高大的雪人

比我更勇敢

彎著腰垂下頭

去觀看每一個裂縫的顏色

雪比我

更沉默寡言

雪比我

更感到渺小

4.科羅拉多河之謎

在萬丈幽深的大峽谷之底
彎彎曲曲而流的科羅拉多河
天天盼望能在平坦的草原上奔流
天天都幻想越過堤岸
氾濫在美麗的大地上

最使它感到到羞恥的事：
它是地球上唯一的河流
至今還沒撫摸過大地的身體
至今還未感受過河水氾濫時的痛快

科羅拉多河曾經夢過
慢慢的流過平坦的沙漠上
感覺到冬天的冷、夏天的熱
當馬群低下頭喝水
印地安人釣取河中的魚
它興奮的哭了起來
每當我在懸崖上俯身下望
藏在大峽谷深處的科羅拉多河
一定大聲的問我：
甚麼時候我才能夠向上流？
哪一年我才能在平原上氾濫？

五、愛荷華集

1.秋興

傍晚六點半

在愛荷華校園的草地上

松鼠仍然忙碌的在枯草落葉間

　　四處奔跑

焦急的搜索

今年夏天最後一批果實

拖著秋末蘆葦花似的尾巴

站在人行道上張望

急急忙忙爬樹

倉皇的奔跑過馬路

小小的口總是啣著一枚沉重的果實

小小的雙手總是捧著一粒充滿

　　夏天回憶的種籽

松鼠和我一樣

還以為

今年的夏天會特別漫長

還盼望

山崗上第三棵最美麗的樹

還會為自己開一次最燦爛的花
結滿樹最甜美的果實

昨日橡樹的葉子還是深綠色
今日卻黃了一半
原來愛荷華對岸的草地
都是仰臥著曬太陽的女孩
現在滿地都是枯黃的落葉

今年的夏天
松鼠也一定忘了聆聽河水流逝的聲音
常常為了一朵花的遲開而爭吵
有時強迫雲在中午化成驟雨
或者每天一早就敲叩教堂的大門

今天是秋
明天可能就是冬
山崗上花與果的對話
夜深時日與月的夢語
雪將它和大地一起掩蓋

於是
我又像松鼠一樣
細細咀嚼屯積在地窖裏
充滿苦澀的回憶的果實

2.橡樹與松鼠

松鼠與橡樹的竊竊私語

比朝露與宿草的對話還要早

山崗還未睡醒

松鼠在河岸上偷窺

希望風早點把橡樹搖醒

有時牠爬上巨大的樹幹

拚命敲叩橡樹的大門

當橡樹還未展續完

攤開在天空中的愛荷華早報

松鼠已訴說完第一個

昨夜夢中尋覓果實的故事

開拓北美洲的殖民者

還未在愛荷華凹凸不平性感的大地上

發現橡樹婷婷玉立

早在公元前，松鼠已經發現

她的美貌和健美的身材

而且橡樹纍纍的果實

是他肉體與精神上最重要的糧食

有一年，北美洲的橡樹都得了傳染病

松鼠們便遇到了大飢荒

有的餓死，有的流落異鄉

在眾多的尖葉和闊葉樹中
松鼠最瞭解橡樹的內在美
當她臥睡在客廳的火爐裏
她身體上強烈耐久的火焰
使寒冷中的人都感到溫暖
當她變成電燈柱站在路旁
行人便在黑暗中找到了路

整個春天，松鼠癡癡的看
橡樹含蓄的花如何有韻味的開放
夏天滿樹翠葉形成的黑髮
充分表現出成熟和智慧的女人味
因此松鼠早晚徘徊在樹下
永不滿意的替橡樹畫像

秋天松鼠傾耳聆聽
橡樹讓果實一枚一枚的掉落
那是她最關懷最有深度的語言
每一枚成熟的果實
蘊藏著多少的愛與恨

冬天的橡樹
把秋季華麗的衣裳脫下
她樸實的展現出另一種形象

松鼠也常常忍不住

走出冬眠的地洞

把橡樹純潔的肖像

用前後腳畫在清潔的雪地上

一九八五年九月廿四日於愛荷華

3.愛荷華市立公園

上山時

我追隨綠色綿綿的

　　芳草小徑而去

鞦韆在天上地下之間嬉笑

燒烤箱的炭正熾烈的燃燒

我卻擔心

綠林深處那一棵醉紅的楓樹

　　會引發一場森林大火

幸好一輛救火車，從十八世紀到現在

　　天天都停留在湖邊

下山時

萬里不見一株小草

我踏著殘餘的落葉和初雪而回

兒童動物園的大門上了大鎖

木馬獨自在樹下追逐大風而嘶鳴

渡河時

冰凍的水面沒有我的投影

後記：離開愛荷華十二年，今年再度回來，天氣反常，半個月中，我似
　　　乎遇到了春夏秋冬。

一九八五年九月

第十輯

加拿大的冰河山之旅

哥倫比亞冰河三題

1.初遇冰河

我們相遇時
你已不是一條奔流的冰河
兩岸神秘的原野
森林、峽谷
都被凍結成哥倫比亞
　　寒冷的大冰原

一萬年前的冰河時代
你迷失於千山萬壑之間
至今仍然拒絕
向碧詩省綠色的森林認同
也不接受阿爾伯達大草原平坦的經驗
天天眺望北極深處
　　白茫茫的故鄉

註：哥倫比亞大冰原，在加拿大洛磯山上，是冰河期流過地球的冰河遺
　　跡，目前擴大成一個大冰原，且養育著八條大冰河。初見地球變遷
　　古蹟，寫下小詩一首作紀念。

　　　　　　　　一九八九年八月底，時居加拿大愛民頓城

〔王潤華〕
人文山水詩集

2.洛磯山與冰河

冰河
三次在我身體上流過
我才從七千五百萬年的睡夢中驚醒
頭枕著阿拉斯加的冰雪
腿擱在墨西哥炙熱的沙漠上

伸一個懶腰
我的右臂壓死了幾百萬頃
阿省平原上的金色油菜
左臂推倒了
碧詩省冷杉樹林

睜開眼後
我感到心頭沉痛
地質學家正在探測
我心臟裏幾千年的冰原
三百平方公里廣闊
三百公尺深厚
夏天酷熱的太陽下
我的汗水
喚醒了北冰洋、太平洋、大西洋
狂嘯的波濤

我突然傷感起來

我原是隱藏在北美洲內陸

神秘的海洋

註：加拿大的洛磯山，在碧詩省與阿省之交界處，相傳原是內海海底浮
　　在陸地之岩石。

一九八九年八月十六日於加拿大愛民頓

3.冰河之舌

大冰原饑餓了

伸出一條六公里長一公里寬的舌頭

從峰頂搜索到山麓

等著越過九十三號高速公路時

忍不住的口水

氾濫成一個藍色的湖泊

倒影著

對面紅房子

烤肉的香味

註：哥倫比亞大冰原有多條冰河，亞沙巴卡冰河是其中之一。

一九八九年八月十六日加拿大愛民頓

二、山中詩抄

1.山的時間

時間不再根據

我手錶上的數目字跳動

而是追隨

山巒的起伏

野泉的淨淙

湖水的明暗

鳥獸的叫鳴

而變化

2.山的戀愛

每一座山

把暗戀著的

另一座山的影像

隱藏在心湖裏

每一座山

都是永遠的

只戀愛不結婚的

單身貴族

3.山的個性

山和野生動物
在照相機前
都感到不自在
遊客湧向山野時
春夏間
隱藏在森林中
秋冬時
覆蓋著落葉或冰雪

4.山的思想

拒絕
向大草原的平坦認同
恐懼
森林的綠色經驗
只信仰
石頭是永恆
險峻是偉大

為了保持領土和文化的獨立
我們彼此距離遙遠
就像印地安人的部落
我們沒有書寫的文字

〔王潤華〕
人文山水詩集

我們的語言
是淙淙的溪流
是哀號的狼嗥
是颼颼的落葉
原始獨特的聲韻
卻使彼此相通

5.山的文化

我們堅決主張
每座山
擁有不同的泥土和岩石
在不同的氣候裏
生長著不同的樹林
住著不同的部落

我們更要求
每座山
在不同的海拔高度下
讓萬年冰河
史前的野獸
永遠的活著

6.山的宗教

我像虔誠的印地安人
把每座山膜拜成一個神

我像迷信的針葉松
冒著大火的危險
攀上最高峰
以為山頂就是天堂
我像露意湖
日夜把山安置在心底

註：一九八九年八月初赴加拿大的洛磯山國家公園，在冰府（Banff），驚
　　見四周的群山峻峰，過後其意象無法忘懷，因以短詩記之。

　　　　　　　　　　　　　　　　　　一九八九年八月十六日

〔王潤華〕
人文山水詩集

三、山中對話

——獻給為瀕臨絕滅動物奔走的人

一個年輕的印第安人
左手握著利刀
右手拿著木鐸
正要鑽進黑暗的洞穴裏去

一頭黑色的大熊
把頭部伸到洞外
迎著燦爛的陽光
展露雪白銳利的爪牙

「我們熊族才是偉大的狩獵者
人類是最易捕捉的獵物
你們的祖先常用小刀
把巨熊捉住小人的可憐形象
刻在圖騰上
我們英武獵者的形象
還在博物館展覽」

「那是藝術家對人類的自我嘲笑

圖騰的時代早已結束
人類才是真正的獵人
今天我要帶你的皮毛回去部落
宣布我們才是森林的主人」

人與熊在山中相遇後
天天相罵
幾百年後在圖騰博物館
仍然天天對罵……

註：我第一次看見人與熊相遇的圖騰，便立刻屏住呼吸，想聽聽他們的
　　對話。目前這塊圖騰木雕收藏在溫哥華英屬哥倫比亞大學圖騰博物
　　館裏。

一九八九年八月

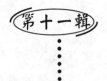

第十一輯

黑暗之心之旅

沿剛果河溯流而上

——記英國小說家康拉德（Joseph Conrad）沿
剛果河而上，在「黑暗的心」探險的歷程

1.

象牙王國
　　在河的盡頭
我的船便朝著原始森林的深處
　　向著空洞荒涼的商站奔流……

2.

河岸
在面前兀然張開
然後又在後面合起來
　　以黑色的森林
　　塞住我回去的水道

3.

我洶湧的浪頭
　　一進
　　一退

千槳
萬槳
敲著風雨中
黑沉沉的山門

4.

當我進入白濛濛的霧裏
才發現這水道
　　　比我想像的狹窄
河岸長著茂密的樹林
濃密的枝椏在急流中摸索

我飢渴，但忍耐
載著一船浪花
鑽過
　一個漩渦
　　又一個漩渦

5.

射完一排子彈
還是穿不透黑沉沉的森林
我的槍聲
　　只是一堆煙
　　　消失於兩片綠葉之間

6.

河面狹窄
兩岸高入雲層

夕陽突然從樹梢掉進水底
　　　　　濺起
　　　　　白濛濛的
　　　　　暮靄

7.

水深沉
河狹窄
我知道：
船愈來愈深入黑暗的心了

夜晚
只有鼓聲隨急流滾下來
我不知道：
　　它是戰爭
　　還是祝福？

8.

三個月後
　槍聲
會從非洲大陸最深處倒流回來嗎？

〔王潤華〕
人文山水詩集

第十二輯

破碎河山

一、吞吃雨林的怪獸

——鐵船寫真集

1.

我小時候
爸爸帶我到河邊撒網捕魚
我喜歡了望近打平原上
一群銀色的大怪獸
低頭拚命翻動泥土
尋找地下的食物
它鋼鐵堅銳的口齒
每咬一口
土地便出現一個又深又大的洞
爸爸說：
「藏在地心的錫米
是它唯一的糧食」

2.

在中學地理課本上
我終於找到這些英國來的野獸
在殖民者的驅趕下

〔王潤華〕
人文山水詩集
1
4
2

踐踏著馬來半島

饑餓的吞吃著熱帶雨林

橡膠園、椰林、香蕉和稻田

有時把南北公路也咬斷

小鎮、火車站整個吞噬肚裏

吐出的

一個個巨大的沙丘和湖泊

3.

一九五七年馬來西亞獨立後

英國官員乘飛機回國

偶然往下了望

才想起馬來半島綠色的土地

傷痕累累

而那群被拋棄的野獸

還繼續噬咬著殘遺的橡膠林

4.

在八十年代

我沿著雪蘭莪和近打流域的公路北上

那群猛獸已棄屍野外

凡它經過之處

都留下一個個巨大的腳印

像湖泊一樣大一樣深

註：我住過的小鎮，如霹靂州的地埠與督亞冷，都是馬來西亞錫礦最豐富的出產地。在一九七〇年代以前，到處可見英國殖民公司經營的鐵船在挖掘錫礦。我家的二個橡膠園就是被鐵船吃掉的。這種機械化的鐵船把地下錫礦挖空，運回英國，正是殖民政府剝削殖民地的無情象徵。

一九九六年十一月二十三日於愛荷華城

二、吞噬青山綠水的恐龍

——記大馬華人開採錫礦的金山溝

一群千尺長的恐龍
在南北主幹山脈的叢林緩慢爬行
吞吃完綠色的丘陵
又飲盡熱帶清澈的河流

龍頭噴著雲霧
深深的鑽進地心深處
尋找黑色的錫米
受傷後的大地
濁黃的鮮血
從我家的門前的小河流過

恐龍在噬咬住一個綠色的山頭時
弓起身體
如一座拱形大吊橋
午夜鱗甲閃爍著
我清晰的聽見
青山綠色在它肚子內消化的聲音

當恐龍又尋找新的叢林

它吐一口唾沫

成一個大湖泊

尾巴排洩出不能消化的山水殘骸

成了一片植物不能生長的沙漠

後記：金山溝是馬來西亞華人開採錫礦用的方法。主要用人工把沙石以
　　　強力的水筆射散，把沙石抽取到一個水溝上，讓沙石與錫礦在水
　　　的沖洗下分開，因此雖要建造一個像恐龍形狀的架構。每次挖掘
　　　完錫礦，就造成一個大礦池，堆積如山的廢沙石，則造成不能種
　　　植的沙漠。對大自然無疑是一種大破壞。我大學前住在馬來西亞
　　　霹靂州的近打區，那裏錫礦最為豐富，自然大地被破壞也就最嚴
　　　重。

一九九六年十月十一日於愛荷華城

〔王潤華〕
人文山水詩集

三、一棵冷杉樹

一年以後
那核電廠煙囪噴出巨大的雲朵
才飄過整個歐洲
冷杉樹發現自己
全身長著粗大的鐵釘
一千公頃的森林
只剩下自己孤獨的身影

天空沒有飛翔的小鳥
河裏沒有戲水的魚蝦
經過野徑的獵人抱怨
找不到野兔狐狸的蹤跡

冷杉樹冒著冷汗
感到頭暈
附近剛產下的一群小豬
不是沒有耳朵
就是多了一個頭

註：一九八九年八月十四日路透社莫斯科消息，蘇聯科學家的調查證
　　實，謝爾諾比爾核電廠的輻射塵對動物、人類、自然環境造成很大

的災害，而產生異狀……

一九八九年八月十六日加拿大愛城

四、白鯨之死亡

退潮的時候
饑餓的鷗鳥在空中盤旋
忽然看見
一片巨大的白浪
靜靜的躺在沙灘上
忘記回去海洋

白鷗想起
今天聖羅倫斯河的水
已被化學廢料汙染
河面沒有潔白的浪花
只有被毒害的魚
翻著白肚子四處漂流

小時候
當它第一次看見聖羅倫斯河上
少女騎在大浪的背上橫衝直撞
以為是一個神話
長大後，才知道
那是善解人意的白鯨
喜歡與人類玩遊戲

白浪彷彿聽見

天空中熟悉的鷗叫

遙遠的海在呼吸

才企圖翻動一下潔白的身體

這時鷗鳥才恍然大悟

這是一條垂死的白鯨

去尋找白浪翻騰的海岸河流

第二天白鷗

向嚴重汙染的聖河告別

獸醫解剖白鯨時發現

肚子裏有二十種化學物：PCB，PAH，BAP

以及沉重的鉛、水銀、鋅片……

白鯨的屍體

要當作毒化廢物處理

註：一九八九年八月十五日，加拿大多倫多環球郵報報導，魁北克市附
　　近的聖羅倫斯河（St. Lawrence River）汙染嚴重，白鯨每年被化學物
　　毒死達二十條之多，目前稀少的白鯨已面臨絕種。白鯨之死在沙灘
　　上，象徵人類環境之危機已來臨。

　　　　　　　　　　　　一九八九年八月十六日於加拿大愛民頓

五、一九八九年的貝魯特

一九八九年夏天的貝魯特
炮彈就像蚊子和蒼蠅
在大街小巷飛來飛去
飛進每一間樓房
尋找還活著的人

爆炸後的彈殼
就像膽大的老鼠
爬進睡房和客廳
鑽進街頭燒毀的汽車和垃圾堆
占據所有倒塌的房屋

槍聲最後宣布：
老鼠與人口的比例
是十對一

一九八九年作

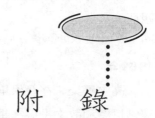

附　錄

王潤華生活年表

1941 年

生於馬來西亞霹靂州，祖父開始移民，父母皆生長於馬來西亞。

1961 年

高中畢業。在金保培元中學六年期間，開始喜歡上創作，經常以詩和散文投稿《星洲日報》、《南洋商報》，甚至香港的《文藝世紀》。

1962 年

獲台灣僑委會優秀僑生獎學金，進入台灣政治大學西語系攻讀，一九六六年畢業。寫作興趣更濃，常以散文投稿報紙副刊，特別是《中央副刊》與《聯副》。又與朋友翱翱、淡瑩、葉曼莎、張齊清、林綠等創辦星座詩社，出版《星座詩刊》。

1966 年

大學畢業，這時已出版了譯作《異鄉人》，詩集《患病的太陽》和散文集《夜夜在墓影下》。回馬來西亞金保中學執教。

1968 年

進入美國威斯康辛大學，在周策縱教授指導下攻讀碩士和博士。

1972 年

春天獲博士學位。夏天赴愛荷華大學擔任研究員，參加聶華苓主持之百花齊放文學作品之編譯工作。

1973 年

十月赴新加坡南洋大學中國語文學系任教。

1974 年

獲得創世紀詩刊創刊二十周年紀念獎，獎牌由瘂弦攜往新加坡頒發。

1977 年

兼任南大人文與社會科學研究所所長，至一九八〇年南大與新大合並為止。

1978 年

擔任新加坡寫作人協會副會長。

1980 年

新加坡國立大學成立，任教於中文系。

1981 年

以散文《天天流血的橡膠樹》獲得第四屆時報文學獎散文推薦特別獎。

1983 年

二月初赴台灣清華大學中語系任客座教授。十月回新加坡國立大學，任人文與社會科學院助理院長。

1984 年

擔任新加坡寫作人協會會長。同年十月榮獲東南亞文學獎。

1985 年

以新加坡作家身份受邀赴美國愛荷華大學參加「愛荷華國際寫作計劃」，獲 Honorary Fellow in writing 榮銜。與張賢亮、馮驥才、向陽、楊青矗同期。

1986 年

擔任新加坡作家協會（前寫作人協會）會長。榮獲新加坡最高榮譽之文化獎（文學），及台灣中國語文學會頒發的中國語文獎章。

1987 年

榮獲台灣文藝作協的中興文藝獎（詩），及中國文藝協會文藝獎章。

1988 年

　　擔任第二屆華文文學大同世界國際會議：東南亞華文文學之主要策劃人。

1989 年

　　赴復旦大學、南京大學、英屬哥倫比亞大學、威斯康辛大學、哈佛大學等校任訪問學人。

1990 年

　　赴柏克萊加州大學中國研究中心、倫敦大學亞非學院任訪問學人。

1991 年

　　升任新加坡國立大學中文系副教授。擔任英文國文學雜誌《獅城文學》(*Singa*) 主編。

1992 年

　　任新加坡作家協會副會長（至 1997 年）。

1993 年

　　榮獲亞細安文學獎。

1997 年

　　任新加坡國立大學藝術中心副主任。

1998年

任新加坡作家協會會長（至2003年）。

2000年

新加坡國立大學中文系教授兼系主任。

2001年

中國蘇州大學客座教授。

2003年

台灣元智大學人文社會學院院長、中語系教授／主任。

2004年

台灣元智大學中語系所／應中系教授／主任。

王潤華重要著作出版年表

書名	文類	出版者	年度
異鄉人	翻譯小說	台北巨人出版社	1965
患病的太陽	新詩	台北藍星詩社	1966
夜夜在墓影下	散文	台南中華出版社	1966
大哉蓋世比	翻譯小說	台南中華出版社	1969
高潮	新詩	台北星座詩社	1970
黑暗的心	翻譯小說	台北志文出版社	1970
Ssu-Kung tu: A Poet Critic of the Tang（唐代詩人兼評家司空圖）	英文學術專著	香港中文大學出版社	1977
內外集	新詩	台北國家書店	1978
中西文學關係研究	學術論文	台北東大	1978
比較文學理論集	翻譯	台北成文出版社	1979
橡膠樹	新詩	新加坡泛亞文化出版社	1980
南洋鄉土集	散文	台北時報文化出版社	1981
新華文學作品選（中英文）	選集（與黃孟文合編）	新加坡寫作人協會	1983

書名	文類	出版者	年度
Beyond Symbols（象外象）	英文詩集	新加坡寫作人協會	1984
亞細安文學作品選（第一輯：詩）	選集（編者之一）	新加坡社會發展部	1985
王潤華自選集	選集	台北黎明文化出版社	1986
世界中文小說選	選集（編者之一）	台北時報文化出版社	1987
山水詩	新詩	吉隆坡蕉風月刊	1988
秋葉行	散文	台北當代叢書	1988
Essays on Chinese Literature: A Comparative Approach（中國文學比較研究）	學術論文	新加坡大學出版社	1988
東南亞華文文學（中英文）	學術論文（編者之一）	新加坡作家協會	1989
司空圖新論	學術論文	台北東大	1989
從司空圖到沈從文	學術論文	上海學林出版社	1989
亞細安文學作品選	選集（編者之一）	新加坡社會發展部	1989
（第二輯：小說）			1990
魯迅小說新論	學術論著	台北東大／上海學林出版社	1992
從新華文學到世界文學	論文集	新加坡潮州八邑會館叢書	1994

書名	文類	出版者	年度
把黑夜帶回家	散文集	台北爾雅	1995
老舍小說新論	論文集	台北東大／上海學林出版社	1995
王潤華文集	詩文選	廈門鷺江出版社	1995
Journeys: Words, Home and Nation: Anthology of Singapore Poetry	詩選（編者之一）	新加坡國立大學 Uni Press	1995
馬華文學新成就新方向	論文集（主編）	新加坡國立大學 UniPress	1996
世界華文微型小說論	論文集（主編）	新加坡國立大學	1996
沈從文小說理論與作品新論	學術論著	台北文史哲出版社	1998
地球村神話	詩集	新加坡新加坡作家協會	1999
熱帶雨林與殖民地	詩集	新加坡新加坡作家協會	1999
華文後殖民文學	學術論著	臺北文史哲出版／上海學林出版	2001
Post-Colonial Chinese Literatures in Singapore and Malaysia	學術論著	Singapore/ New York: National University of Singapore/ Global Publishing Co.	2002
新馬漢學研究	與楊松年合編	新加坡國立大學中文系出版	2001

書名	文類	出版者	年度
榴槤滋味	詩散文集	台北二魚出版社	2003
越界跨國文學解讀	學術論著	台北萬卷樓	2004
亞洲的綠	與陳祖彥合編，環保詩文集	台北黎明	2004
人文山水詩集	詩集	台北萬卷樓	2005

國家圖書館出版品預行編目資料

人文山水詩集／王潤華著. -- 初版 -- 臺北

市：萬卷樓，2005[民 94]

面；　　公分

ISBN 957－739－526－0 (平裝)

851.486　　　　　　　　　　94006039

人文山水詩集

著　　　者：王潤華

發 行 人：許素真

出 版 者：萬卷樓圖書股份有限公司

　　　　　臺北市羅斯福路二段 41 號 6 樓之 3

　　　　　電話(02)23216565．23952992

　　　　　傳真(02)23944113

　　　　　劃撥帳號 15624015

出版登記證：新聞局局版臺業字第 5655 號

網　　　址：http://www.wanjuan.com.tw

E－mail ：wanjuan@tpts5.seed.net.tw

承 印 廠 商：晟齊實業有限公司

定　　　價：140 元

出版日期：2005 年 6 月初版